I0683594

[Extrait du N° de juillet 1866, t. XIV, 5e série, des Annales de philosophie chrétienne]

LA LANGUE BASQUE ET LES IDIOMES DE L'OURAL

PAR H. DE CHARENCEY [1]

La linguistique offre à l'activité de l'esprit humain un champ aussi vaste qu'il est âpre et difficile. L'homme qui cultive cette science doit être doué de grandes qualités qui rarement se trouvent réunies dans un seul : à un jugement sûr, à une sagacité profonde, à une intelligence étendue et lucide, il doit joindre une grande énergie de caractère, une constance opiniâtre et invincible. L'Allemagne produit souvent des hommes de cette force ; elle nous a donné les Adelung et les Humboldt, et elle possède encore aujourd'hui des hommes qui poursuivent avec succès les travaux de leurs devanciers. Ils sont plus rares en France ; ce n'est pas que l'intelligence manque au Français, mais souvent la patience lui fait défaut. Cependant nous avons eu les Scaliger, les Sacy, les Burnouf, et nous avons aujourd'hui, pour la langue basque, le prince L.-Lucien Bonaparte dont les nombreux et consciencieux travaux contribuent puissamment aux progrès de cette science qui s'élabore avec lenteur. D'autres esprits distingués consacrent également leurs veilles et leur intelligence à cette aride culture. Parmi eux, M. H. de Charencey s'est déjà signalé par des publications qui dénoncent en lui une aptitude particulière pour ce genre d'étude. Les premiers écrits se ressentent un peu de cette précipitation qui est naturelle au caractère français ; ils n'ont pas été assez mûris. L'écrit qui nous occupe ne mérite pas le même reproche ; c'est un travail sérieux qui accuse dans son auteur beaucoup de recherches et une étude approfondie de la matière.

M. de Charencey, comme le prince Lucien, s'applique d'une manière particulière à l'étude de la langue basque. Cet idiome occupe une place distinguée dans la linguistique ; il ne se rat-

[1] Brochure in-8° de 148 pages et deux tableaux. Se vend rue Saint-Dominique, n° 11.

tache à aucune des grandes souches qui se partagent le globe,
il forme à lui seul une famille. Au milieu des révolutions qui
ont confondu les races et les langues, il a conservé toute sa
pureté primitive, sa nomenclature des mots usuels et son or-
ganisme grammatical. On lui trouvera quelques analogies
avec la famille altaïque, comme on lui en découvre avec la
sanscritique et avec la sémitique, mais ce sont des analogies
de détail de minime importance; ses caractères généraux
distinguent autant le basque de ces trois souches qu'elles sont
distinctes entre elles. Le peuple, qui le parle, occupe aujour-
d'hui une bien petite place dans le monde, et son antique litté-
rature est perdue[1]. Mais, outre son originalité, les plus puis-
santes considérations recommandent cette langue à l'attention
des savants : ce sont les proportions gigantesques de son archi-
tecture, c'est sa simplicité et sa régularité dans la variété pro-
digieuse de ses formes; et puis, c'est l'importance historique
que les découvertes modernes de la science lui ont acquise. La
langue basque est la clef des monuments historiques de l'antique Ibérie[2]; elle est chez le peuple qui la parle comme une ins-
cription que l'on trouve profondément gravée sur une grande
ruine de monument granitique et qui atteste à la fois son antiquité et sa noblesse. C'est la langue des premiers habitants
de la péninsule hispanique, la langue des Ibériens ou Tho-

---

[1] Strabon disait des Ibériens espagnols de son temps : « Ils sont les plus
» sages des Ibériens, ils ont une grammaire, et conservent écrits les événe-
» ments de l'antiquité, ainsi que des poëmes et des lois écrites en vers, depuis
» 6,000 ans, comme ils le disent. Les autres Ibériens ont aussi une gram-
» maire, mais pas tous du même genre, car elle n'est pas de la même langue.»
Σοφώτατοι δ' ἐξετάζονται τῶν Ἰβήρων οὗτοι, καὶ γραμματικῇ χρῶνται,
καὶ τῆς παλαιᾶς μνήμης ἔχουσι τὰ συγγράμματα, καὶ ποιήματα, καὶ
νόμους ἐμμέτρους ἑξακισχιλίων ἐτῶν, ὥς φασι· καὶ οἱ ἄλλοι δ' Ἴβηρες
χρῶνται γραμματικῇ, οὐ μιᾷ ἰδέα· οὐδὲ γὰρ γλώττῃ ἰδίᾳ. (Strab., *Géogr.*,
(III, p. 139, in-folio) — Quant à ces 6000 ans, Xénophon nous avertit que leurs
années étaient de 4 mois ; ce qui réduit leurs 6000 ans à 1500 ans (Hiberis
annus quadrimestris, ut plurimum est, rarissime solaris (Xenophon, *temporum
Æquivoca*, dans le recueil problématique d'Annius, t. 1, p. 65, Lyon, 1560.
in-18).

[2] Guil. de Humboldt : *Recherches sur les habitants primitifs de l'Espagne à
l'aide de la langue basque.* — Boudard : *Numismatique ibérienne expliquée
par la langue basque.*

baliens, c'est-à-dire des enfants de *Tubal* [1], et peut-être celle des premiers habitants de l'Italie et des îles adjacentes [2]. On ne saurait donc assez louer et encourager les efforts des savants qui travaillent à reconstituer ce magnifique édifice de la langue basque. Heureusement les matériaux sont conservés; il faut les étudier, les assembler, les coordonner et leur donner leur place naturelle. C'est à quoi M. de Charencey a travaillé dans son *Mémoire sur la Déclinaison basque;* et nous regardons son travail comme un véritable service rendu à cette langue et aux linguistes. Quoique nous n'admettions pas toutes ses idées, et que nous ayons des réserves à faire sur la justesse de quelques-unes de ses appréciations, nous déclarons que nous avons été étonné qu'un étranger ait pu faire, loin du pays, sans y avoir résidé, un travail aussi complet et aussi exact sur la déclinaison basque.

Le mémoire de M. de Charencey est divisé en 4 chapitres. Dans le 1er, il traite des caractères de la déclinaison basque dans ses rapports avec la grammaire générale de la langue. Dans le 2e, il examine les divers paradigmes de déclinaison ou plutôt le paradigme unique, car la langue basque n'a qu'une déclinaison pour les noms comme elle n'a qu'une conjugaison pour les verbes. Dans le 3e, il apprécie la forme, l'emploi et la valeur des flexions déclinatives. Et il termine son travail par une comparaison du système de la déclinaison basque avec celui des idiomes *ouraliens.*

I

L'un des principaux caractères de la déclinaison *basque* consiste dans l'invariabilité du radical; ce qui la distingue

[1] Josèphe : *Thobelus Thobelis sedem dedit, qui nostra ætate Iberi vocantur* (*Antiq. jud.*, l. 1, c. 7).— S. Jérôme : *Thobal sive Thobel, aut Italiæ interpretatur, aut Iberia, hoc est Hispania, ab Ibero flumine* (Comm. in Isaiam, l. xiii, c. 66; *Patr. lat.*, t. xxiv, p. 667). Le Bérose d'Annius, *De Temporibus,* l. iv, — Abulensis, *in Genesin,* c. x— Rodericus : « Filli Tubal in Hispaniam » venientes in populos excrerunt, et primo Cetubales sunt vocati (*De Rebus Hispaniæ,* l. 1, c. 3).

[2] Sénèque, exilé dans l'île de Corse, écrivait à sa mère : « In eam transie- » runt et Hispani, quod ex similitudine ritus apparet ; eadem enim tegumenta » idemque genus calceamenti, quod *Cantabris* est, et *verba quædam*; nam to- » tus sermo, conversatione Græcorum Ligurumque, *a patrio* descivit (*Consol.* » *ad Helviam,* c. viii, n. 2). »

des déclinaisons *aryo-européennes* et même *sémitiques*, qui modifient le radical par les flexions casuelles et par la construction. Les formes casuelles dans la langue basque consistent dans des *affixes*, plus ou moins fortement attachés au radical. L'usage même permet d'écrire séparément certaines particules postposées : ainsi on écrit *jaunentzat* (indéf.), *pro domino*, en un mot, ou *jaunen tzat*, en deux mots séparés : de même *jaunengana, jaunengatik*, ou *jaunen gana*, *jaunen gatik*. Cependant on ne sépare jamais les désinences casuelles *en*, *i*, *ei*, *ik*, *ek*, *ki*, *ko*, *ekin*, etc.; on n'écrit pas *jaun-en*, *jaun-i*, *jaun-ik*, etc.

M. de Charencey fait connaître diverses particularités très-remarquables de la déclinaison. Il fait voir comment une désinence casuelle sert à former un mot nouveau qui se décline à tous les cas comme celui dont il dérive ; c'est ainsi que de *buruko*, génitif locatif de *buru*, tête, on forme le mot *burukoa*, le bonnet, couvre-chef; de *gerriko*, génitif de *gerri*, rein, on forme *gerrikoa*, la ceinture; de *oineko*, génitif de *oin*, pied, *oinekoa*, la chaussure. De même du cas adverbial *ki*, *idiki*, bovine, on forme *idikia*, bovinum (viande de bœuf); de *ahari*, mouton, *aharki*, ovine, *aharkia* ovinum (viande de mouton), etc. Il pense que c'est aussi le cas instrumental ou partitif *ka*, *bika*, *hururka*, *laurka*, qui a servi à la formation du nombre ordinal *bigarren*, *hirurgarren*, *laurgarren*, etc. Une autre particularité, c'est l'union de plusieurs désinences ou flexions casuelles pour exprimer plusieurs choses en un seul mot. Ainsi, dans le mot *etcherakoan*, qui veut dire, *allant à la maison*, on trouve le cas allatif *ra*, le cas locatif *ko* et le cas inessif *an ;* dans *zerutikako*, *qui vient du ciel*, on trouve le cas élatif et le cas locatif.

M. de Charencey signale l'application de la déclinaison aux temps, aux modes et aux formes de la conjugaison basque; cette question est amplement traitée dans notre ouvrage sur le verbe. Il pense que les formes subjonctives *nizan* et *nizala* sont les cas inessifs et prolatifs de *niz*, ce qui nous paraît difficile à justifier par l'analyse, malgré la similitude des désinences.

La langue basque n'a, à proprement parler, qu'une seule

forme de déclinaison pour les êtres animés et inanimés. Elle
ne reconnaît de genre ni dans les noms, ni dans les pronoms.
Elle distingue les sexes dans le verbe par des formes masculines et féminines; elle a en général des noms particuliers
pour les êtres mâles et femelles, qui appartiennent à la do-
mesticité, mais ils ne sont pas distingués par des désinences
particulières dans la déclinaison. Ainsi *gizon*, homme, se décline de la même manière que *emazte*, femme; *anai*, frère,
comme *arreba*, sœur; *idi*, bœuf, comme *behi*, vache; *ahari*,
mouton, comme *ardi*, brebis; *zamari*, cheval, comme *behor*,
jument. M. de Charencey fait très-bien observer néanmoins
qu'il y a deux désinences ou postpositions qui ne s'emploient
que pour les êtres animés, tels sont *gana* et *ganik*. Pour être
plus vrai, il faut dire qu'elles sont exclusivement employées
pour les êtres *raisonnables* : Dieu, les anges et les hommes.

La variété des déclinaisons dans les langues dérivées du
sanscrit sert à éviter la monotonie des mêmes désinences,
l'euskara prévient cette monotonie par les règles de la construction qui n'admettent la désinence casuelle qu'au dernier
mot, lorsqu'il y en a plusieurs qui se suivent et qui se rappor-
tent les uns aux autres. Ainsi on dit *gizon azkarra*, un
homme robuste, et non *gizonA azkarra*; *gizon azkarRAREN
kara du horrek :* celui-là a l'apparence d'un homme fort;
ou bien *gizon azkar baTEN kara du horrek*, et non *gironaren
arkarraren baten*, comme le demanderaient les règles des
grammaires grecques et latines. Ce mode de construction lie
intimement les mots indéfinis au terme défini et en forme
pour ainsi dire un seul tout.

L'euskara possède trois nombres : l'indéfini, le défini singulier et le défini pluriel. L'indéfini est propre à l'euskara, il
donne au langage une grande précision. Il est rendu en français par les prépositions sans accompagnement d'article;
ainsi *gizoni* veut dire à homme, *gizonari*, à l'homme, *gizonei*
ou *gizoneri*, aux hommes. L'indéfini s'emploie aussi avec tout
nom de nombre déterminé ou indéterminé : on dit *hamar
gizoni*, à dix hommes, *zenbat gizoni*, à combien d'hommes;
zonbait gizoni, ou *gizon zonbaiti*, à quelques hommes.

Nous n'avons aucune raison de croire que le duel ait jamais

existé dans l'euskara, et nous ne pouvons admettre que son
absence soit une preuve de l'altération de cet idiome. Nous
ne trouvons pas que le duel soit utile dans une langue, pas
plus que la variété des genres masculins, féminins et neu-
tres pour les sujets inanimés; et nous ne ommes pas dispo-
sés à admettre comme primordial ce qui n'ajoute rien à la
précision et à la perfection du langage. L'indéfini est très-
utile, très-rationel, et le duel ne l'est pas à nos yeux; nous
regardons l'indéfini comme primordial au moins pour le basque; et l'existence du duel dans certaines langues anciennes
ne nous paraît pas suffisante pour croire qu'il a dû exister
dans le basque, d'autant qu'il n'a aucun rapport de parenté et
de dépendance avec ces langues.

II

Quoiqu'il n'y ait qu'une seule déclinaison dans la langue
basque, M. de Charencey établit néanmoins deux types de
déclinaison pour l'*indéfini*, l'un pour les mots qui se termi-
nent par une consonne, l'autre pour les mots qui se termi-
nent par une voyelle. Cette distinction est justifiée par l'in-
tercalation que l'on fait d'un *e* euphonique, entre le radical et
la désinence, aux mots qui finissent par une consonne, lors-
que la désinence commence aussi par une autre consonne;
et dans les mots qui finissent par une voyelle, par l'intercala-
tion d'un *r* pour éviter l'hiatus dans la rencontre d'une autre
voyelle de la désinence casuelle. La déclinaison du défini
singulier et pluriel ne donnant pas lieu à ces rencontres, un
seul type suffit pour tous les mots.

M. de Charencey classifie avec beaucoup d'intelligence et
de méthode les flexions casuelles; il les divise en flexions
casuelles proprement dites, en flexions postpositives et en
flexions composées. Cette division est bien fondée dans la nature des désinences, et elle accuse dans l'auteur une étude
approfondie de son sujet. Cependant, tout en admettant la
division, nous ne pouvons approuver entièrement sa classification des désinences dans ces trois divisions.

Et d'abord nous ne pouvons pas compter parmi les flexions
casuelles les cas que M. de Charencey appelle *sublatif* et *unitif*. Le *pe* ou *be* final est une désinence substantive, comme *goa*,

tasun, gei, dura, keria, etc. Les mots qui l'adoptent se décli-
nent à tous les cas. Ainsi *lurpe* veut dire fosse, et mot à mot
sous terre; mais pour rendre, *il est sous terre,* on dira *lurpian
da,* en employant le cas inessif et non *lurpe da.* La désinence
gain, dessus, s'emploie de la même manière que *pe,* dessous :
on dit *lurgain,* surface de la terre ; *urgain,* surface de l'eau ;
mendigain, haut de la montagne; *eznegain,* crème du lait ;
mais *gain* est une terminaison substantive et pas une flexion
casuelle, et il en est de même de *pe.*

Il faut en dire autant, d'après nous, du cas appelé inclusif
ta; escutʌ, poignée pleine, *organʌ,* une charretée; ce sont
de vrais substantifs composés comme leurs correspondants
français.

Le cas que M. de Charencey appelle *unitif* n'est qu'une désinence verbale. Tous les substantifs peuvent se *verbiser* en
basque, comme les formes verbales peuvent se décliner; et
non pas seulement les substantifs radicaux, mais même certains cas. Ainsi *harri,* pierre, prend la forme verbale par
l'indéfini et par le cas médiatif : *harritu* veut dire pétrifier,
et *harrizta, harriztatu,* empierrer. *Etche,* maison, prendra la
forme verbale à l'indéfini, au localif, à l'allatif; *etchetu* veut
dire transformer en maison; *etchekotu,* accepter quelqu'un
dans la famille; *etcheratu,* faire entrer dans la maison ; *ur,*
eau, à l'indéfini, au médiatif, à l'allatif; *urtu,* liquéfier,
ureztatu, arroser, et plutôt *urtatu,* en supprimant le *z* par eu-
phonie; *ureratu,* conduire ou jeter dans l'eau.

Quant à la classification des flexions, dès lors qu'on établit
une division entre les postpositions et flexions casuelles proprement dites, il nous semble qu'il faut compter parmi les
flexions casuelles toutes celles qui n'ont pas une signification
propre, et qui n'on d'être, pour ainsi dire, qu'unies au nom ;
tels sont *a, ac, i, ik, ez, an, tarik, tara,* et nous y ajoutons *kin,
ki, ka, kal.* Et les postpositions seront pour nous les suffixes
qui ont par elles-mêmes une signification, qui se détachent
facilement du mot et que l'usage même permet d'écrire séparément : telles sont les postpositions *gabe,* sans ; *gana,* vers ;
ganik, de (ex); *gatik,* à cause et malgré; nous y ajouterons *tzat*
et *dako* ou *tako,* pour.

Voici, avec ces corrections, l'énumération des flexions dé-clinatives dont on trouvera la valeur et l'emploi développés avec étendue et en général avec une grande justesse dans la brochure de M. de Charencey.

1° **Nominatif :** indéfini, *gizon*, homme ; *emazte*, femme ; *hiri*, ville. — Défini singulier, *gizona*, l'homme ; *emaztea*, la femme ; *hiria*, la ville. — Défini pluriel, *gizonák*, les hommes, *emazteák*, les femmes ; *hiriák*, les villes.

2° **Actif :** indéfini, *gizonek*, homme ; *emaztek*, femme ; *hirik*, ville. — Défini singulier, *gizonak*, l'homme ; *emazteak*, la femme ; *hiriak*, la ville. — Défini pluriel, *gizonék*, les hommes ; *emazték*, les femmes ; *hiriék*, les villes.

3° **Médiatif :** indéfini, *gizonez*, par (*per*) homme ; *emaz-tez*, par femme ; *hiriz*, par ville. — Défini singulier, *gizonaz*, par l'homme ; *emazteaz*, par la femme ; *hiriaz*, par la ville. — Défini pluriel, *gizonéz*, par les hommes ; *emaztéz*, par les femmes ; *hiriéz*, par les villes.

4° **Génitif possessif :** indéfini, *gizonen*, d'homme ; *emaz-teren*, de femme ; *hiriren*, de ville. — Défini singulier, *gizo-naren*, de l'homme ; *emaztéaren*, de la femme ; *hiriaren*, de la ville. — Défini pluriel, *gizonén*, des hommes ; *emaztén*, des femmes ; *hirién*, des villes.

5° **Génitif locatif :** indéfini, *hiritako*, de ville ; *oihane-tako*, de forêt ; *etchetako*, de maison. — Défini singulier, *oihanéko*, de la forêt ; *hiriko*, de la ville ; *etcheko*, de la mai-son ; *etcheko jauna*, le maître de la maison ; on dit aussi *gizo-netako onena*, le meilleur des hommes ; et non *gizonen onena*. Défini pluriel, *oihanétako*, des forêts ; *hiriétako*, des villes ; *etchetako*, des maisons.

6° **Datif :** indéfini, *gizoni*, à homme ; *emaztei* ou *emaz-teri*, à femme ; *hiriri*, à ville. — Défini singulier, *gizonari*, à l'homme ; *emaztéari*, à la femme ; *hiriari*, à la ville. — Dé-fini pluriel, *gizonér*; *gizonéri* et *gizonéi*, aux hommes ; *emaz-téri*, aux femmes ; *hiriéri*, aux villes.

7° **Inessif :** indéfini, *gizontan* et *gizonetan*, en homme ; *emaztetan*, en femme ; *hiritan*, en ville. — Défini singulier, *gizonean*, dans l'homme ; *emaztean*, dans la femme ; *hirian*, dans la ville. — Défini pluriel, *gizonétan*, dans les hommes, *emaztétan* et *hirietan*, dans les villes.

8° **Illatif :** *gizontara* ou plutôt *gizonétara*, à ou vers homme (*ad*); *emaztetara*, vers femme; *hiritara*, vers ville; — Défini singulier, *gizonéra* et *gizoniala*, à l'homme (*ad*); *emaztera* et *emazteala*, à la femme; *hirira* et *hiriala*, à la ville; — Défini pluriel, *gizonétara*, ad homines; *emaztétara*, ad feminas; *hirietara*, ad urbes.

9° **Translatif** ou **illatif** *commoratif :* indéfini, *gizonetarat*, ad hominem vel homines (animo commorandi); *hiritarat*, ad urbes (animo manendi). — Défini singulier, *hirirat*, ad urbem; défini pluriel, *hirietarat*, ad urbes, dans les villes.

10° **Elatif :** indéfini, *gizontarik* et *gizonetarik*, d'homme (*ex*); *emaztetarik*, *hiritarik*. — Défini singulier, *gizonétik*, de l'homme ; *emaztétik*, *hiritik*. — Défini pluriel, *gizonétak*, des hommes; *emaztétarik*, *hiriétarik*. — On a dit et répété que cette désinence ne s'appliquait qu'aux êtres inanimés; c'est une erreur : elle s'applique à tous les êtres animés et inanimés, même aux êtres raisonnables, quoique pour ceux-ci on y substitue le plus souvent la postposition *ganik*. On dit très-bien : *zer athera ditake holako gizoné*TARIK? Que peut-on tirer de pareils hommes?

11° **Sociatif**, indéfini : *gizonekin*, avec homme; *emaztekin*, *hirirekin*. — Défini singulier, *gizonarekin*, avec l'homme; *emaztéarekin; hiriarekin*. Tous les types prennent au singulier le *r* euphonique pour empêcher la confusion de l'*a* définitif avec l'*e* de la suffixe *ekin*. — Défini pluriel, *gizonékin*, avec les hommes; *emaztékin; kiriékin*.

12° **Modal :** *gizonki*, en homme; *ederki*, magnifiquement; *handiki* ou *handizki*, grandement; *goraki*, hautement. Le biscayen fait ce cas par la désinence *to*, *do* et *ro; ondo*, bien; *ederto*, magnifiquement; *handiro*, grandement. Ce cas, ainsi que les trois suivants, par sa nature, n'admet que l'indéfini.

13° **Instrumental :** *eskuka*, avec les mains; *oinka*, à pieds; *makhilaka* ou *makhil khalduka*, à coups de bâton; *ukhabillaka*, à coups de poings; *lauhatzka*, à quatre pattes; *jauzika* et *saltoka*, par sauts et par bonds.

14° **Contributif** : *ghizonkal*, par homme ; *hirikal*, par ville ; exemple : prélevez trois francs par homme ; cent francs par ville : *atcha zazu hirur libera gizonkal ; ehun libera hirikal*.

15° **Infinitif** ou *absolu : gizonik*, d'homme ; *emazterik*, *hiririk*. Ce cas est d'un usage très-fréquent : *ezda gizonik*, il n'y a pas d'homme ; *ikhusi duzia hiri*RIK *han baizen eder*RIK ? Avez-vous vu de ville aussi belle que celle-ci ? — *Zaude ichi*LIK, *gorde*RIK et *bakha*RIK ; demeurez en silence (silencieux), caché et seul. — *Ikhusi*RIK *joaten zela*, voyant qu'il partait. M. de Charencey a fait de ce cas un composé du *datif* et de l'*actif ;* il n'a aucun rapport avec ces deux cas ; l'analyse n'autorise nullement cette supposition.

FLEXIONS POSTPOSITIVES. — 1° **Caritif**, *gabe* ou *bage* : indéfini, *gizongabe*, sans l'homme ; *thaigabe*, sans répit ; *ikhusigabe*, sans avoir vu. — Défini singulier, *gizonagabe*, sans l'homme ; *lagunagabe*, sans le compagnon. — Défini pluriel, *gizon haukgabe*, sans ces hommes ; *emazteakgabe*, sans les femmes.

2° **Allatif personnel :** indéfini, *gizonengana ; zer gizonengana joan zare ?* Vers quel homme êtes-vous allé ? — Défini singulier, *gizonagana* et *gizonarengana*, ad hominem. — Défini pluriel, *gizonengana*, ad homines, aux hommes.

3° **Translatif personnel :** indéfini, *gizoneganat* et *gizonenganat ; igorridut bi gizonenganat*, je l'ai envoyé vers deux hommes. — Défini singulier, *gizonaganat* et *gizonarenganat*, ad hominem (animo commorandi). — Défini pluriel, *gizonenganat*, ad homines.

4° **Ellatif personnel**, *ganik :* indéfini, *gizoneganik* ou *gizonenganik*, de homine. — Défini singulier, *gizonaganik*, de hoc homine, ou bien *gizonarenganik*. — Pluriel défini, *gizonenganik*, de hominibus.

5° **Causatif** et **despectif :** *gatik*, à cause de, et malgré. L'usage emploie ce cas dans les deux sens ; tantôt avec le nominatif, tantôt avec le génitif. Indéfini, *zenbait gizonengatik*, à cause de quelques hommes, et malgré quelques hommes. — Défini singulier, *zugatik* et *zuregatik*, à cause de vous et malgré vous. — *Haurragatik, haurrarengatik*, pour l'enfant, *begiratzéagatik*, pour conserver ; *etchéagatik, elhurragatik*, à cause de la neige. — Défini pluriel, *gizonakgatik*, mais plus souvent *gizonéngatik*, à cause et malgré les hommes. *Elhorriengatik*, malgré les épines.

6° **Destinatif**, *tzat, dako* ou *tako* (pro) : indéfini, *aitatzat*, pour père; *senhartzat*, pour mari. — Défini singulier, *aitarentzat*, pour le père; *enetzat*, pour moi. Défini pluriel, *gizonentzat*, pour les hommes; *hirientzat*, pour les villes. On dit également *aitatako, senhartako; airentako* ou *dako; gizonentako* ou *dako*.

FLEXIONS COMPOSÉES. Nous ne notons que celles qui nous paraissent devoir faire partie de la déclinaison.

1° **Le compositif**, formé du médiatif et du locatif; il n'a que l'indéfini : *zuresko*, de bois. — *urhezko*, d'or; *zilharresko*, d'argent.

2° L'**Extentif**, *hirirano*, jusqu'à la ville, composé de l'allatif *hirira* et de la désinence *no*. *Etcherano*, jusqu'à la maison.—Pluriel : *hirietarano*, jusqu'aux villes. Indéfini, *hiritarano*. — On dit aussi au singulier défini *hirialano*.

3° **Intentif**, il n'est usité que dans la Biscaye et une partie du Guipuzcoa. Il est composé de l'allatif et de la désinence *onz*; et contrairement aux règles ordinaires de composition basque, l'*a* final s'élide et se confond avec l'*o*. *Noronz* (nora-onz), vers où? *Bayonaronz*, vers Bayonne (il marche). Les autres dialectes diront : *Nora buruz? Bayona buruz*.

4° **Allatif locatif**, *Bayonarako*, pour aller à Bayonne, *Bayonarako bidea da hau*, ceci est le chemin pour aller à Bayonne; *mendietarako dut soineko hau*, j'ai cet habillement pour aller sur les montagnes.

5° **Sociatif locatif**, *emaztékiko*, pour la compagnie des femmes; *ezdira horik emaztékiko haizu diren ariak*; ce ne sont pas des manières qui conviennent dans ou pour la compagnie des femmes; *aitarekiko*, pour la compagnie du père; *enékiko ezta on*, il n'est pas bon pour vivre avec moi.

6° **Allatif locatif inessif**, *etcherakoan*, en allant à la maison; *pariserakoan*, en allant à Paris; *ikhuzterakoan*, en allant se baigner.

7° **Absolu locatif**, *eginikako, lana eginikako atsegina*, le plaisir d'avoir fait le travail ; *jainkoa ofensaturikako urrikia,* la douleur d'avoir offensé Dieu ; il n'a d'emploi qu'avec l'adjectif verbal.

8° **Elatif locatif,** *zerutikako,* venant du ciel ; *zerutikako mintzo bat,* une voix du ciel ; *hementikako,* qui sort d'ici.

M. de Charencey compte plusieurs autres flexions composées que nous ne croyons pas devoir signaler comme des cas particuliers, parce qu'elles rentrent dans la catégorie de ceux que nous avons énumérés, ou bien parce que ce sont des désinences substantives, adjectives ou verbales. Par exemple, la forme inessive ajoutée à l'élatif ne modifie en rien la signification de l'élatif simple, *hementik* et *hementikan* veulent dire absolument la même chose. La seconde forme est inconnue à certains dialectes, et ceux qui l'emploient usent eux-mêmes plus souvent de la première. La forme *handizki, egiazki, laburzki* ne forme pas un cas distinct du modal, mais celui-ci se forme tantôt en *ki,* tantôt en *zki*, et tantôt de l'une et de l'autre manière : on dit *laburki* et *laburzki,* brièvement ; on dit *handiki* et *handizki,* grandement ; on dit *ederki* et non *ederzki,* magnifiquement ; *egiazki* et non *egiaki,* véritablement ; *segurki* et non *segurzki,* sûrement ; *goraki* et non *gorazki,* hautement ; *nasaiki* et non *nasaizki,* amplement ; *luzazki* et non *luzaki,* longuement.

Nous n'avons pas cru non plus devoir donner la place d'une désinence casuelle particulière à *baithan* ou *beithan* que le navarro-labourdin emploie pour l'inessif personnel, parce que son usage n'est pas si général dans les autres dialectes qui emploient ou l'inessif simple ou l'inessif précédé d'un *t* ou d'un *g* euphonique : *gizonean, emaztean, nitan, zutan, jainkoatan,* ou *nigan, zugan, jaungoikoagan, gizonagan.* D'ailleurs *baithan* ou *beithan* est lui-même l'inessif de *beith, baith* qui est encore employé dans d'autres cas ; on dit *zure beitharik,* ex intimo tuo ; *haren beithako,* quod ex intimo ejus est : ce mot signifie : chez, *apud, intra* ; c'est évidemment le בית (*beith*) hébreu.

Nous avons négligé dans cette analyse du travail de M. de Charencey certaines petites erreurs de détails ; mais nous croyons pouvoir nous permettre de dire qu'une tendance un

peu exagérée à chercher des analogies l'entraîne à se laisser
facilement séduire par les apparences; c'est ainsi qu'il rat-
tache à tort au sociatif *ki* les terminatifs *gin* de *hargin, zur-
gin, okhin, itztegin,* qui sont des mots composés simplement
de *harri, zur, ogi, izte,* avec *egin,* faire; certains dialectes disent
gile au lieu de *gin, hargile,* mot à mot, *fabricant en pierre, en
bois, en pain, en clous.* Ainsi encore il a cru que *arren,* ainsi,
donc, venait du béarnais *arre* qui signifie *rien,* et avec lequel
il n'a assurément aucun rapport de signification. Ces erreurs
sont en elles-mêmes assez insigniflantes ; mais quand on
porte cette même tendance dans l'examen et la comparaison
des langues, on court risque de s'égarer, et l'erreur acquiert
alors une toute autre importance. Toutes les langues ont des
substantifs, des qualificatifs et des verbes; toutes indiquent
de quelque façon les relations des objets et des personnes et
les liaisons des idées ; il est impossible qu'on ne trouve toujours quelques analogies dans leurs constructions et même
dans certains de leurs termes; mais il faut prendre garde de
s'en laisser éblouir au point de négliger les caractères généraux et la partie essentielle du lexique qui est celle des mots
usuels.

III

M. de Charencey, dans le 3ᵉ chapitre de son Mémoire signale quelques analogies curieuses entre les langues *finnoises*
et le *basque :* les flexions casuelles faiblement attachées aux
mots, la ressemblance de certaines désinences déclinatives,
la loi euphonique, en vertu de laquelle deux consonnes con-
tiguës ne peuvent commencer un mot, et le régime direct et
indirect exprimés dans quelques formes du verbe mordvin.
Mais il reconnaît que les différences sont si profondes que le
basque ne se rapproche pas autant peut-être du finnois que
celui-ci ne se rapproche du groupe indo-européen.

Nous ne suivrons pas M. de Charencey dans la comparaison du basque avec les langues américaines; mais, pour
l'honneur de la langue basque et dans l'intérêt de la vérité,
il nous permettra de relever deux erreurs dans lesquelles la
recherche des analogies l'a entraîné.

Il juge le verbe *être* imparfait dans la langue basque; il ne le croit pas primitif, et il pense que le basque l'a forgé pour imiter les dialectes néo-latins. J'avoue que ces assertions m'ont étrangement étonné ; elles sont évidemment erronées. Le verbe *être*, en basque, est tout aussi parfait que le verbe *avoir;* aucune langue du monde ne peut le présenter aussi complet pour les temps, pour les modes et pour l'expression des diverses relations. Pour s'en convaincre, il n'y a qu'à jeter un coup d'œil sur l'ouvrage que nous avons publié [1] sur cette partie importante et si remarquable de la grammaire basque. Aucune langue ne fait un usage aussi général que l'euskara du verbe *être*. C'est un élément essentiel à cette langue, une partie vitale dont elle ne peut se passer. Le basque ne peut pas dire : *je parle, je marche, je vais, je viens,* sans se servir du verbe *être;* car il dit : je *suis* parlant, je *suis* marchant ou je marche, je *suis* allant, etc., *mintzatzen* NIZ, *ebillen* NIZ, *joaten* NIZ, *jiten* ou *ethortzen* NIZ; et puis il a tout l'accompagnement des formes masculines, féminines, respectueuses, des relations aux diverses personnes, qu'il n'a certainement pas empruntées au latin. Cette langue ne pouvant subsister sans le verbe *être*, comment peut-on supposer que primitivement elle en a été privée, et qu'elle ne l'a adopté que par imitation?

M. de Charencey a cru apercevoir encore une affinité entre le basque et les idiomes américains dans la répugnance qu'il suppose au basque pour les idées abstraites et dans sa tendance à ne considérer les choses qu'*in specie.* — Il nous semble qu'une langue qui possède précisément une déclinaison particulière et d'une richesse extraordinaire pour les êtres considérés *abstractivement* (la déclinaison appelée indéfinie), et une autre forme de déclinaison pour les objets considérés *in specie* (la déclinaison définie), ne peut recevoir une appréciation plus contraire à son vrai caractère.

Nous ne suivrons pas, nous le répétons, M. de Charencey dans les chapitres où il traite des affinités de la langue basque avec quelques idiomes des deux continents. Mais nous

[1] Voir l'ouvrage intitulé : le *Verbe basque,* par l'abbé Inschauspe. Paris et Bayonne, 1858; in-4°, 511 p.

aimons à rappeler quelques vérités fondamentales que M. de
Charencey ne contredit pas, mais que perdent trop souvent
de vue les savants qui s'occupent de ce genre de recherches.

L'homme n'est pas un produit spontané de la nature maté-
rielle; il est l'ouvrage d'un Dieu créateur. Et Dieu l'a créé,
comme tous les autres êtres, dans l'état de perfection qui est
propre à la dignité de sa nature. Il l'a créé avec l'usage des no-
bles facultés qui en font le roi de la création, il l'a créé avec la parole sans laquelle l'intelligence est comme un flambeau éteint
dans l'âme humaine. Jeter le premier homme dans le monde
sans la parole, c'est le supposer dans une condition pire que
l'habitant des forêts de l'Australie, c'est le dépouiller de l'au-
réole qui le distingue, et le réduire à l'état de la brute, état
dont jamais il n'eût pu se relever; une semblable supposition
est aussi absurde philosophiquement qu'elle est contraire
aux enseignements révélés. L'homme peut devenir sauvage,
et il le devient; mais il n'est pas sorti sauvage des mains de
son créateur; il a été créé dans la perfection de sa nature,
intelligent, social et religieux ; et, dès les premiers moments
de son existence, il a eu la conscience de lui-même, il a béni
son auteur, et il a communiqué ses idées à ses semblables.
— La création, l'unité de la race humaine, et la révélation
du langage sont des vérités intimement liées entre elles, que
la saine philosophie a toujours proclamées avec la foi, et que
les progrès de la science humaine confirment chaque jour.
Elles sont consignées dans le livre divin de nos origines,
dans la Bible, qui est le premier flambeau de la science. Là,
nous voyons, dès l'origine, l'homme parlant à Dieu et parlant à ses semblables; nous y voyons que longtemps les
hommes ne parlèrent qu'une seule langue, la langue révé-
lée par le Créateur au premier père du genre humain, et
transmis par lui à ses descendants; mais nous y voyons aussi
qu'il arriva un jour où Dieu dans sa sagesse mit la confusion
dans le langage des enfants de Noé; et ce fait miraculeux de
l'histoire de l'humanité, qui a donné le nom à la ville la plus
fameuse du monde, a été conservé dans la tradition des
peuples et dans les récits des historiens, aussi bien que des
poëtes de l'antiquité même païenne. Alors, nous dit Moyse,

Les familles ne pouvant plus s'entendre, se divisèrent et se répandirent dans le monde. Les enfants de *Cham* se dirigèrent vers le sud de l'Asie et allèrent peupler les contrées brûlantes de l'Afrique ; les enfants de *Sem* restèrent autour du berceau du genre humain ; et les enfants de *Japhet* se répandirent dans l'Europe ; *Javan* s'arrêta dans la Grèce ; *Thubal* et ses enfants allèrent jusqu'aux extrémités de l'Espagne ; *Magog* et *Thiras* se dirigèrent vers le Nord ; *Gomer* et *Mosoch* dans les parties centrales, et ils y fondèrent des peuples et des nations chacun suivant son langage : *unusquisque secundùm linguam suam* (Gen., x ;—Josèphe ;—S. Jér., etc.). Sans doute dans cette confusion miraculeuse de langues, chacun dut conserver et emporter quelques débris de la langue primitive, et on ne doit nullement s'étonner de trouver certaines similitudes frappantes dans les pays et dans les langues qui paraissent les plus disparates ; nous espérons même que les recherches linguistiques finiront par réunir assez d'éléments pour constater l'unité primitive du langage. Mais du reste il n'est pas probable que, depuis la confusion de Babel, les enfants de Thubal aient renoué des liens de parenté avec les enfants de Magog et de Thiras ; non plus qu'avec les races qui, par le *nord* et par l'*est* de l'Asie, sont allées peupler les Amériques. Nous avons fait, dans cet article, une large part à la critique. Le lecteur comprendra toutefois que nous reconnaissons le mérite réel du travail de M. de Charencey précieux et utile pour ceux qui étudient la linguistique en général et la langue basque en particulier.

L'abbé INCHAUSPE.

Versailles. — Imp. BEAU, rue de l'Orangerie, 36.

www.ingramcontent.com/pod-product-compliance
Lightning Source LLC
Chambersburg PA
CBHW061418170626
46811CB00005B/2033

* 9 7 8 2 0 1 3 7 3 9 8 0 1 *